Historique

du

Crin de Florence

PAR LE

Dr Paul DORVEAUX

Bibliothécaire à l'Ecole Supérieure de Pharmacie de l'Université de Paris.

POITIERS

IMPRIMERIE MAURICE BOUSREZ

4, Rue Saint-Porchaire, 4

—

1909

HISTORIQUE

DU

CRIN DE FLORENCE

Historique

du

Crin de Florence

PAR LE

Dᵣ Paul DORVEAUX

Bibliothécaire à l'Ecole Supérieure de Pharmacie de l'Université de Paris.

POITIERS

IMPRIMERIE MAURICE BOUSREZ

4, Rue Saint-Porchaire, 4

—

1909

Historique du crin de Florence

Par le Dr Paul Dorveaux

Bibliothécaire à l'Ecole supérieure de Pharmacie de l'Université de Paris

---

Le crin de Florence est un produit animal que l'on tire du ver à soie. Il fut inventé par les Chinois dans la plus haute antiquité. Ernest Pariset raconte, dans son *Histoire de la soie* (t. I, p. 11, Paris, 1862), qu'en Chine « dans les temps fabuleux, sous Fouhi, c'est-à-dire trois mille ans avant Jésus-Christ, la soie fut employée à la confection des cordes sonores pour l'instrument de musique nommé *kin*, espèce de lyre à vingt-sept cordes » ; mais, ajoute-t-il, « ce n'était pas encore la soie dévidée. L'art d'élever les vers à soie et de dévider les cocons pour en extraire la soie a été inventé par Si-ling-chi, femme de l'empereur Hoang-ti, en l'an 2698 avant Jésus-Christ. »

Cette soie non dévidée, provenant de vers à soie sauvages, n'est autre que le fil appelé de nos jours « crin de Florence ». Elle est encore « employée à la confection des cordes sonores » par les indigènes du Tonkin.

On trouve dans le Yen-thé (province de Bac-giang), sur des arbres appelés *cây sau* ou *cây sao* (1), un « papillon séricigène », le *con cuoc*, que René Bourret (2) a rattaché au genre *Saturnia*.

La chenille de ce papillon fournit un fil solide, qui sert non seulement de cordes pour certains instruments de musique, mais encore d'empile (3) pour les lignes de pêche ; il sert aussi pour la couture des chapeaux de femmes et pour d'autres usages (4).

---

(1) Le *cây sau* ou *cây sao* a été identifié avec divers arbres : *Hopea dealbata* Hance, *Liquidambar formosana* Hance, etc.; mais, d'après René Bourret, c'est le *Quercus castaneaefolia* Coss.

(2) *Bulletin économique de l'Indo-Chine*, juillet 1902, p. 494.

(3) *Empile*, ligne fine qui s'ajuste au bout des lignes latérales. (*Dictionnaire général de la langue française*, par Hatzfeld, Darmesteter et Ant. Thomas.)

(4) *La Quinzaine coloniale*, 10 mars 1900, p. 150. — *Bulletin économique de l'Indo-Chine*, 1er août 1901, p. 712. — *L'Expansion coloniale, bulletin de l'Institut colonial Marseillais*, 1er mars 1908, p. 71.

M. Quennec, administrateur-résident de la province de Bac-giang, a décrit, dans un rapport publié en 1901, le procédé employé par les Tonkinois pour préparer le fil de *cuoc*. « Le *con cuoc*, dit-il (1), reste à l'état de chenille pendant 70 à 80 jours. Ensuite il devient jaune, et c'est alors que l'on commence à le récolter pour en retirer le filigrane (*sic*) gélatineux, mais résistant, qui est le produit de l'exploitation. Ce n'est pas, comme pour le ver à soie, le cocon qui est employé (*sic*); c'est l'intérieur du corps, d'où on retire une espèce de cordon enroulé qui ressemble à du vermicelle. On le met dans un vase contenant un vinaigre de préparation annamite et on l'y laisse pendant deux ou trois minutes, puis on le déroule et on le laisse sécher. En général, le fil a deux ou trois mètres de longueur. De grosseur inégale, il est beaucoup plus mince à son extrémité qu'à la partie dévidée la première... Le fil de *cuoc*, ajoute M. Quennec, est très solide. Il est employé pour faire des lignes de pêche, pour coudre les chapeaux riches. Les Chinois s'en servent aussi pour faire des coiffures, et certainement ce fil trouverait des usages dans l'industrie française, peut-être même dans la chirurgie pour faire les ligatures et les coutures (*sic*). »

Le rapport de M. Quennec est accompagné de notes émanées de la Direction de l'Agriculture et du Commerce de l'Indo-Chine. L'une d'elles est ainsi conçue : « La culture du *con cuoc* paraît limitée à la région du Yen-thé (province de Bac-giang), et, comme on l'a vu au cours de cette relation, serait pratiquée en Annam dans les provinces du Nghê-an et de Thanh-hoa. Le *crin de Florence* ou *poil de Messine*, qui sert principalement à garnir le bout des lignes des pêcheurs, n'a pas d'autre origine; il est obtenu, en effet, du ver à soie que l'on étouffe dans du vinaigre au moment où il va faire son cocon. La France en importe annuellement pour 135.000 à 150.000 francs et en exporte pour 25.000 à 50.000. »

L' « espèce de cordon enroulé ressemblant à du vermicelle » que les indigènes du Tonkin retirent du corps du *con cuoc*, est identique à l' « organe de la soie (2) », qui, chez le bombyx du

---

(1) *Bulletin économique de l'Indo-Chine*, 1ᵉʳ décembre 1901, p. 1068 et suivantes.

(2) L' « organe de la soie » a été décrit et figuré : en 1669, par Malpighi; en 1702, par Leeuwenhoek; en 1734, par Réaumur, etc... En 1870, PASTEUR l'a représenté dans ses *Etudes sur la maladie des vers à soie* (t. I, p. 77, Paris, 1870). Les auteurs qui après lui ont traité de la sériciculture, ont presque tous reproduit sa figure de l' « Organe de la soie dans un ver sain ». Louis BLANC (*Etude sur la*

mûrier, fournit le crin de Florence, et le procédé employé de nos jours pour préparer ce fil diffère très peu de celui qui fut toujours en vigueur dans l'Extrême-Orient.

Les Chinois ont dû, dans l'antiquité, se servir du crin de Florence pour d'autres usages que les instruments de musique : avec l'ingéniosité qui les caractérise, ils ont certainement employé ce fil pour la pêche à la ligne, car il a toujours été l'empile idéale pour la pêche en eau douce. « Les Chinois ont poussé l'art de la pêche à un très haut degré de perfection, dit Dabry de Thiersant (1) : ils ont su utiliser tout ce qui dans la nature pouvait leur servir pour trouver et prendre le poisson dans le fond ou à la surface des eaux... Ils sont très amateurs de la pêche à la ligne, qui est pour les uns un passe-temps très agréable, et pour les autres une ressource lucrative. » Mais Dabry de Thiersant, qui, pendant son long séjour en Chine, avait dû voir et manipuler des lignes chinoises, a, dans sa description de ces engins, omis de faire figurer le crin de Florence (2). Dans le Céleste Empire, ce produit est appelé *pi-sien* d'après Hedde (3), et *yu-sseu* d'après M. Beauvais (4).

Il ne fut connu en Europe que vers le milieu du XVIIIe siècle. Sir John Hawkins l'a signalé dans l'édition des ouvrages réunis d'Isaac Walton et de Charles Cotton, sous le titre de *The complete angler* (Le parfait pêcheur à la ligne), qu'il publia à Londres en 1760 (5). Dans une note qu'il a ajoutée au chapitre XXI et dernier de *The complete angler* par Walton, il recommande parmi les meilleures empiles pour la pêche à la mouche, le *silk-worm*

---

sécrétion de la soie, Lyon, 1889) appelle cet organe « appareil séricigène »; il en a donné une figure nouvelle (Pl. I, fig. 1).

(1) DABRY DE THIERSANT. *La Pisciculture et la Pêche en Chine.* Paris, 1872, p. 149.

(2) Le « *fil de Florence* (vers à soie étirés dans du vinaigre) » est mentionné dans une note de J. L. Soubeiran, insérée au bas de la page 151 de la *Pisciculture en Chine.*

(3) HEDDE (Isidore). *Description méthodique des produits divers recueillis dans un voyage en Chine.* Saint-Etienne, 1848, p. 151.

(4) BEAUVAIS. Chine. Commerce du port de Hoï-Hao et de l'île de Haï-nan, pendant l'année 1906. (*Rapports commerciaux des agents diplomatiques et consulaires de France.* Année 1908, n° 708, p. 89.)

(5) *The complete angler : or, the contemplative man's recreation. Being a discourse on rivers, fish-ponds, fish, and fishing. In two parts. The first written by Mr. Izaak WALTON, the second by Charles COTTON, esq...,* London, Thomas Hope, 1760, p. 288. — Cette nouvelle édition de deux ouvrages fameux, publiés pour la première fois, l'un en 1653 et l'autre en 1676, est due à sir John Hawkins, qui l'a enrichie de notes savantes. Elle a été plusieurs fois réimprimée.

gut (1), qui est un fil à la fois fin et fort. *Silk-worm gut*, dit-il, *is both fine and very strong*. Ce fil était une nouveauté venant de la Chine. Les Anglais, ayant appris qu'il était tiré du ver à soie, lui donnèrent le nom de *silk-worm gut* (boyau de ver à soie), peut-être à cause de sa ressemblance avec le *catgut* (2), c'est-à-dire avec la corde à boyaux (littéralement *boyau de chat*), mais plus vraisemblablement parce que les sériciculteurs (3) d'alors et même certains savants (4) dénommaient *boyaux* les deux longues glandes tubulaires qui forment l'appareil séricigène du ver à soie. Ce nom erroné (le crin de Florence est tiré des glandes soyeuses et non de l'intestin du ver à soie), a passé de l'anglais dans presque toutes les langues. Les Français ont dit : *boyau de ver à soie*; les Allemands, *Seidenwurmdarm* et *Seidenraupendarm;* les Espagnols, *intestino de gusano de seda, tripa de gusano de seda;* les Italiens, *budello del baco da seta* et *budello* tout court.

En 1769, Duhamel du Monceau, inspecteur général de la marine, commence la publication de son *Traité général des Pesches.* Dans la première section de ce livre, intitulée : « De la Pêche aux hameçons », il cite constamment « les ouvrages anglois », entre autres ceux de Walton et de Cotton; bien plus, il les commente, principalement dans le chapitre « des différentes espèces de pêches qu'on fait avec les hains (5) ». Parlant de la pêche à la mouche ou aux insectes, il s'exprime ainsi :

« Les Anglois prenant un singulier plaisir à pêcher à la canne (6), le grand usage qu'ils ont fait de cette pêche les a mis à por-

(1) De nos jours, les Anglais disent plus souvent *gut* (boyau) que *silk-worm gut.* Dans le dictionnaire de Cooley (Cooley's *Cyclopædia of practical receipts*, 6ᵉ édition, vol. I, p. 834, London, 1880), l'article *Crin de Florence* est au mot *Gut.*

(2) Dans l'Encyclopédie de Spon (*Spons' Encyclopædia of the industrial arts, manufactures, and raw commercial products*, edited by Charles G. Warnford Lock. London, 1882, p. 610), l'article *Silkworm-gut* est placé à la suite de l'article *Catgut*, de telle sorte qu'il paraît en être un appendice.

(3) A. Dubet, auteur d'un traité sur le ver à soie et sur le murier blanc (*La Murio-métrie*, Lausanne, 1770, p. 7 et 8), emploie volontiers le mot *boyaux* pour désigner les glandes soyeuses. « Dans le corps du ver à soie, dit-il, les deux réservoirs de la matière soyeuse ont la forme et la texture de deux *boyaux*... Ces *boyaux* paroissent totalement détachés de l'estomac... Les deux *boyaux* sont placés à côté l'un de l'autre... »

(4) Dom Casbois, l'inventeur de l'hygromètre à boyau de ver à soie mentionné ci-après, appelle « vaisseaux ou *boyaux* de soie » l'appareil séricigène du ver à soie.

(5) *Hains*, hameçons. « Les crochets de métal qu'on attache au bout des lignes ou des piles, se nomment communément des *hameçons;* mais c'est improprement. Les pêcheurs de l'Océan les appellent des *hains*, et les provençaux *mouscleaux.* Nos pêcheurs réservent le terme d'*hameçon* pour un *hain garni* de son *appas*. » (Duhamel du Monceau, I, 15.)

(6) « Si l'on tient à la main une perche à laquelle est attachée une ligne garnie

tée d'essayer quels étoient les insectes qui pouvoient leur fournir les meilleurs appâts : et comme ces insectes ne paroissent qu'en certains mois de l'année, ils se sont attaché à imiter la forme et la couleur de ceux qu'ils ont reconnus être les plus propres à attirer le poisson. Ces insectes factices que nous avons tirés d'Angleterre, sont exécutés avec une adresse admirable...

« Comme il y a bien des endroits où l'on ne trouve point d'ouvriers qui s'adonnent à faire des insectes artificiels, nous avons cru que nos lecteurs nous sauroient gré de leur mettre sous les yeux une partie des instructions qu'on trouve dans les ouvrages anglois, nous bornant à ce qui nous a paru de plus intéressant.

« Voici d'abord les différentes substances qu'emploient ceux qui prétendent qu'il faut beaucoup varier la forme et la couleur des insectes : pour les empiles, de la soie, du crin, du fil de pitte, des *boyaux de vers à soie qu'on tire de la Chine*, et à leur défaut des boyaux de chat (1) ; pour le corps des insectes, du camelot, de la moire et d'autres étoffes fines de différentes couleurs... »

Ce dernier alinéa est doublement intéressant, d'abord parce qu'on y trouve la première mention de l'expression française : *boyau de ver à soie*, abandonnée par la suite pour *crin de Florence ;* en outre, parce qu'on y rencontre, la précédant immédiatement, une autre expression : *fil de pitte*, qui, sous la forme *pite*, *pitte*, et même *pitre*, a été donnée comme synonyme de *boyau de ver à soie* par de nombreux auteurs.

Qu'est-ce au juste que ce *fil de pitte*, qui a été confondu avec le crin de Florence? Duhamel va nous l'apprendre: « Au Brésil et dans plusieurs isles de l'Amérique, dit-il dans son *Traité général des Pesches* (I, 16), on fait de très bonnes lignes avec du fil de pitte (2) : on sait que ce sont des filaments qu'on retire des feuilles d'une espèce d'aloës ou aloïdes ». Quelques pages plus loin (I, 48), il s'exprime encore ainsi : « On apporte des isles de l'Amérique des filaments qu'on retire d'une espèce d'aloës ou aloïdes, rapportée par M. Von Linné au genre qu'il nomme

d'un hameçon, cette manière de pêcher se nomme *à la canne* ou *cannette*. » (Id., I, 14.)

(1) *Boyau de chat* est la traduction littérale de l'anglais *catgut*, corde à boyau.

(2) *Pitte*, ou *pite*, vient du caraïbe *pita*, qui, d'après Theodor Peckolt (*Pharmaceutische Rundschau*, 1892, p. 163), désigne à la fois plusieurs plantes américaines du genre *Fourcroya* et la fibre textile que l'on en tire. Du caraïbe, le mot *pita* a passé dans les langues espagnole et portugaise. Quant à *pitte*, les auteurs l'écrivent tantôt avec deux *t*, tantôt avec un seul *t*; cependant l'orthographe de ce nom a été fixée en 1762 par le *Dictionnaire de l'Académie Françoise* (4ᵉ édition), qui a adopté la graphie *pite*, avec un seul *t*.

Agave. On appelle ces filaments *fils de pite*. Il y a de ces fils qui sont longs et très fins. Quand ceux-là sont bien préparés, ils sont préférables aux crins, et on s'en sert principalement pour empiler les hains. »

Avant Duhamel, l'*Encyclopédie* de Diderot et d'Alembert avait défini la *pite* : « espèce de chanvre ou de lin qui se recueille en plusieurs endroits de l'Amérique équinoxiale, particulièrement le long de la rivière d'Orénoque. La plante qui la fournit est sauvage ou cultivée... On tire des feuilles une espèce de fil, dont les Indiens se servent pour faire leurs lignes à pêcher, les cordes de leurs arcs, etc. »

De nos jours, l' « espèce d'aloës » qui fournit le fil de pite, n'est plus rapportée au genre *Agave* de Linné ; elle appartient au genre *Furcrœa* (ou *Fourcroya*) de Ventenat, qui, dans la famille des Amaryllidacées, est proche du genre *Agave* de Linné.

En 1770, A. Dubet publie dans un livre à titre bizarre (1), les curieuses expériences qu'il vient de faire sur le ver à soie. « Si, dit-il, on ouvre un ver à soie prêt à filer, les réservoirs de la matière soyeuse sont d'une consistance si molle, qu'il n'est pas possible de les examiner sans en déranger toute l'économie ; mais on parvient à leur donner une solidité singulière par l'action de l'acide végétal (2), dans lequel on laisse macérer le ver pendant quelques heures... J'ai pris des vers sur les tables dans leur point de maturité, et encore mieux à la bruyère, dès qu'ils commencent à placer les premiers fils. Je les ai jetés dans le vinaigre. Cet acide les fait mourir très promptement. Trois, quatre, cinq à six heures après, j'ai ouvert ces vers. J'en ai extrait les deux réservoirs soyeux. Je les ai étendus séparément avec la main par les deux extrémités, et de chacun, j'en ai retiré un fil d'environ deux à trois pieds de longueur... Le brin qui se trouve entre ces deux divisions [les deux plis de chaque glande soyeuse], est d'un nerf étonnant : il est commun d'en trouver de la longueur de 12 à 15 pouces, qui tiennent suspendu un poids de 25 à 30 livres. »

Dubet se livrait à ces expériences parce qu'il avait formé « le

_____

(1) *La Murio-métrie, instruction nouvelle sur le ver à soie, sur les plantations des mûriers blancs, les filatures, et le moulinage des soies...*, par A. DUBET, écuyer, de la ville de Château-Roux en Berry, Lausanne, 1770, p. 8 à 13.

(2) *L'acide végétal* employé par Dubet est le vinaigre. On appelait autrefois *acides végétaux* « tous les acides tirés des matières que fournit le règne végétal; tels sont les sucs des fruits aigres, le vin aigri ou vinaigre, le cristal de tartre... » (*Dictionnaire de chimie*, par MACQUER, 2ᵉ édition, t. I, p. 19, Paris, 1778.)

projet de filer les vers au lieu des cocons, et de mettre à profit toute la matière soyeuse, dont une partie considérable est perdue », projet difficilement réalisable, il le reconnaît ; mais, en attendant, il fabriquait bel et bien du crin de Florence, sans se douter que ce produit venait d'être signalé par Duhamel, comme une nouveauté venant de Chine.

L'*Encyclopédie méthodique* (1) n'a fait que rééditer, en 1783, ce que Duhamel avait écrit sur la pêche quatorze ans auparavant. Le passage où il est question des « boyaux de vers à soie » a été reproduit à peu près textuellement : la seule variante qu'on y trouve, c'est l'expression « fil pite » substituée à « fil de pitte ».

Vers la même époque, les « poils faits de boyaux de ver à soie » sont utilisés pour la construction d'un nouvel hygromètre (2) par le savant bénédictin Dom Casbois, principal du Collège de Metz, qui présente son invention à l'Académie de cette ville dans la séance publique du 15 novembre 1784. Il la publie l'année suivante dans les *Affiches des Evêchés et Lorraine* (3), où on lit ce qui suit :

« On trouve dans le corps du ver à soie deux vaisseaux qui descendent de la tête, viennent se coucher et se replier sur l'estomac, passent ensuite du côté du dos et y font un grand nombre de plis et replis entrelacés. La partie de chaque vaisseau qui repose sur l'estomac a une capacité cylindrique de plus d'une ligne de diamètre : étendue, elle a environ deux pouces et demi de longueur. Le reste du vaisseau est fort mince, et se réduit vers les extrémités en filet capillaire. Les deux vaisseaux contiennent une liqueur gommeuse que l'on croit de même nature que le beau vernis de la Chine. Cette liqueur filée par le ver devient ce que nous appelons *soie*.

(1) *Encyclopédie méthodique. Arts et métiers mécaniques*, t. II, p. 808, Paris, 1783.

(2) En 1769, J. H. Lambert (de Mulhouse) avait présenté à l'Académie des Sciences de Berlin son hygromètre à corde à boyau. Cette corde ayant une certaine ressemblance avec le crin de Florence, Dom Casbois eut l'idée d'utiliser ce dernier produit pour la construction d'un instrument analogue. Auparavant, il avait inventé un hygromètre à lanière de parchemin, qui est mentionné dans le supplément de l'*Encyclopédie* (*Nouveau Dictionnaire pour servir de supplément aux dictionnaires des sciences, des arts et des métiers*, t. III, p. 480, Paris, 1777). L' « hygromètre à boyau de ver à soie » de Dom Casbois est décrit dans l'*Encyclopédie méthodique : Physique*, par MONGE, CASSINI, BERTHOLON, HASSEFRATZ, etc., t. III, p. 515 et 517, Paris, 1819.

(3) *Affiches des Evêchés et Lorraine*, n°° du 21 juillet, du 28 juillet et du 4 août 1785. Les extraits de ce rarissime journal messin, qui suivent, m'ont été communiqués par mon vieil ami, J. Favier, conservateur de la Bibliothèque de la Ville de Nancy. Je lui en témoigne de nouveau ma reconnaissance.

« Les vaisseaux ou boyaux de soie sont tendres et délicats : on est cependant parvenu à les tirer du corps de l'insecte, à les allonger à volonté, et à en faire des *poils* d'une très grande force. En voici le procédé.

« Quand le ver est prêt à filer, on le noie dans un bain de vinaigre, et on l'y laisse environ vingt-quatre heures. Pendant ce temps, l'acide s'insinue dans les viscères de l'insecte et y coagule la soie liquide. Après cette préparation, on ouvre le ver, on tire de ses entrailles les deux boyaux devenus maniables, et l'on profite du degré de molesse qu'ils ont encore pour en allonger la partie qui se fait remarquer par sa grosseur. On pourroit leur donner par extension la longueur d'un très grand fil ; mais pour leur conserver de la force, on se contente de les allonger de 15 à 20 pouces.

« Avant que l'air n'ait desséché ces boyaux ainsi allongés, on les dépouille avec les ongles de la pellicule et de la résine ordinairement jaune qui couvre la soie. On finit par les tenir, jusqu'à leur dessèchement, dans une tension qui ne leur permette pas de contracter des plis. »

Après avoir énuméré les propriétés hygrométriques des poils faits de boyaux de ver à soie, Dom Casbois termine ainsi son mémoire :

« A ces propriétés je puis ajouter la force avec laquelle ils résistent à la tension qu'on leur fait éprouver. Un de ces *poils* peut soutenir un poids de six livres sans se rompre. »

Dans ce mémoire Dom Casbois donne des détails probablement inédits sur la préparation du crin de Florence ; malheureusement, il a omis de nous dire de qui il les tenait et de quel pays il faisait venir les *poils* (1) dont il se servait pour son « hygromètre à boyau de ver à soie ». Quoi qu'il en soit, nous savons pertinemment que ce produit était fourni par l'Italie et par l'Espagne, à l'aurore du XIXᵉ siècle. Cela nous est affirmé par le naturaliste Latreille et par le dentiste Gariot.

Latreille a publié pendant les années XII et XIII de l'ère républicaine, c'est-à-dire de 1803 à 1805, les quatorze volumes de son *Histoire naturelle, générale et particulière, des Crustacés et des*

---

(1) Dans son mémoire, Dom Casbois se sert plusieurs fois du terme *poil* pour désigner le crin de Florence. L'emploi répété de ce terme, qui est traduit de l'italien *pelo* (poil, cheveu, crin), me porte à croire que Dom Casbois avait reçu d'Italie et le boyau de ver à soie de son hygromètre et la technique de la préparation de ce produit.

Insectes. Dans le dernier volume de ce savant ouvrage (t. XIV, p. 154), il mentionne l'invention de Dom Casbois dans les termes suivants : « Les vaisseaux à soie, après avoir été séchés et vuidés de leur mucosité (*sic*), servent à former une espèce de fil dont on se sert pour la pêche à l'hameçon. Ces fils qu'en France on appelle *cheveux de Florence* (1), et en Angleterre *herbes des Indes,* ont une telle force qu'un seul porte jusqu'à six livres pesant. M. Cassebois (*sic*) en a composé de fort bons hygromètres, sous la dénomination d'hydromètres (*sic*) de boyaux de ver à soie. »

Ce passage erroné prouve que Latreille ne connaissait l'invention de Dom Casbois que par la critique qui en avait été faite par Cazalet (2) dans le journal de physique de l'abbé Rozier ; mais il indique qu'au début du XIXe siècle les Français tiraient de Florence le produit qu'ils ont appelé : *cheveux de Florence, crin de Florence, poil de Florence, fil de Florence,* et même *Florence* tout court. Quant à la dénomination *herbes des Indes,* qui est donnée comme synonyme de *cheveux de Florence,* elle est la traduction de l'expression anglaise *indian grass,* que sir John Hawkins a introduite dans *The complete angler* (3) pour désigner le *fil de pite.*

Vers la même époque, Gariot eut l'idée d'employer le crin de Florence pour certains cas de prothèse dentaire. Comme, avant de s'établir à Paris, il avait séjourné à Madrid en qualité de « dentiste de Sa Majesté Catholique le Roi d'Espagne », il avait conservé dans ce pays des relations dont il profita pour faire venir de Valence « une sorte de corde à boyau provenant des intestins du ver à soie », qu'il utilisa comme ligature. Voici ce qu'il dit à ce sujet dans son *Traité des maladies de la bouche,* publié à Paris en 1805 :

« Lorsqu'on n'a qu'une dent à remplacer et qu'elle n'a pas laissé de racine, on peut y substituer une dent naturelle qu'on assujétit aux dents voisines par deux ligatures qui passent dans deux trous pratiqués sur les côtés, à peu près vis-à-vis le collet de celles où elles doivent se fixer, sans toucher la gencive...

(1) *Cheveu* est la traduction de l'italien *pelo* (poil, cheveu, crin), qui est le nom habituel du crin de Florence dans cette ville.

(2) CAZALET. Observations sur l'hygromètre à boyau de ver à soie, de Dom Casbois. (*Observations sur la physique, sur l'histoire naturelle et sur les arts,* par l'abbé ROZIER, t. XXIX, p. 349-352, novembre 1786.) Dans ce mémoire, Cazalet appelle le crin de Florence *fil de boyau de ver à soie* et *fil de ver à soie.*

(3) WALTON and COTTON. *The complete angler.* London, 1760, p. 288.

« On se sert, pour fixer les dents, de ligatures faites avec des substances tirées des trois règnes ; ainsi on emploie des fils de platine, d'or et d'argent, des fils de lin ou de chanvre, enfin des cordonnets de soie...

« Mais il n'est pas de substance plus propre à faire des ligatures pour les dents qu'une sorte de corde à boyau, mince, qu'on emploie ordinairement dans la pêche pour faire le bout des lignes et retenir l'hameçon, et qu'on dit provenir des intestins du ver à soie. Cette ligature, connue sous le nom de *pite* (*sic*), est très forte ; elle est diaphane...

« Je ne crois pas que ces sortes de ligatures soient encore très en usage parmi les dentistes. Je les ai conseillées à plusieurs de mes confrères qui se sont bien trouvés de leur emploi, et je ne saurois trop les recommander. Celles dont je me sers viennent de Valence en Espagne, et je n'en connois pas de meilleure qualité (1). »

Fournier a beaucoup utilisé le *Traité* de Gariot pour l'article sur la pathologie dentaire qu'il a publié en 1814 dans le *Dictionnaire des sciences médicales*. Dans cet article, le crin de Florence est appelé *pite de Valence* (2).

En 1818, parut la première édition du *Pêcheur français*, par Kresz aîné, « fabricant d'ustensiles de pêche et de chasse à Paris ». Voici les passages de ce livre qui nous intéressent : « On empile ordinairement les hameçons sur crin, *boyau de ver à soie vulgairement appelé racine*, fil de pite formé des filamens d'une espèce d'aloès qui croît en Amérique, fil de laiton simple et double, et soie et crin... Une ligne est un fil plus ou moins fin, formé de crins, soie, pite, *racine*, et soie et crin, après lequel sont attachés un ou plusieurs hameçons. » Dans la table des matières, on lit encore ceci : « *Racine*, synonyme de *boyau de vers à soie* (3) ».

Si, pour Kresz aîné, le mot *racine* est synonyme de *boyau de vers à soie*, il ne l'est pas pour Maury, ainsi que l'attestent les extraits suivants de ses ouvrages sur l'art dentaire :

« Depuis un an, écrit-il en 1820 (4), je me sers pour ligature, non de *pite* ou *crin de Florence*, mais d'un nouveau cordonnet,

(1) GARIOT (J.-B.). *Traité des maladies de la bouche*. Paris, 1805, p. 304, 312 et 313.

(2) *Dictionnaire des sciences médicales* (en 60 volumes), t. VIII, p. 392, Paris, 1814.

(3) KRESZ aîné. *Le Pêcheur français*. Paris, 1818, p. 7, 8, 359.

(4) MAURY (J. C. F.). *Manuel du dentiste*. Paris, 1820, p. 55.

connu dans le commerce sous le nom de *racine chinoise*. Je crois qu'il n'y a pas long-temps qu'il est en usage à Paris; il est diaphane comme le crin, et, pour cette raison, moins distingué sur les dents que la soie écrue; il n'est pas putrescible comme cette dernière, et dure plus long-temps. »

En 1828, Maury (1) écrivait encore ceci :

« Les ligatures le plus ordinairement employées pour maintenir en place les dents artificielles, sont : 1° le cordonnet de soie écrue; 2° un autre cordonnet, connu dans le commerce sous le nom de *racine chinoise*; 3° le *pite*, ou *crin de Florence*...

« *De la racine chinoise.* Cette prétendue *racine* n'est autre chose qu'un cordonnet de soie écrue bien tors, fortement étiré, et empreint ensuite de résine copal...

« *Du fil de pite.* Le *pite* (*crin de Florence*) nous est fourni par les vers à soie, pris au moment où ils vont filer. On les trempe, dit-on, dans le vinaigre, et, après les avoir allongés d'environ deux pieds, on met sécher cette espèce de fil sur une planche en l'y fixant par ses deux extrémités. Cette ligature offre infiniment plus de solidité que les autres : elle est si transparente qu'elle s'aperçoit à peine sur les dents... »

De ces extraits il résulte que le *crin de Florence* était déjà ainsi appelé en 1820 et que, si Maury le confondait avec le *pite* (2), en revanche il le distinguait de la *racine chinoise*. Quant à ce nom de *racine chinoise* (qui est un des noms vulgaires de la squine), ou de *racine* tout court, il provient sans doute de ce que le crin de Florence a été donné comme étant la racine d'une plante chinoise, chacune de ses extrémités, dite *chevelu* (3), ayant de la ressemblance avec le chevelu de certaines racines.

En 1822, Labarraque ayant demandé au Dr Regnart, dentiste à Paris, des renseignements sur *le crin à pêcher,* reçut la réponse suivante :

« Vous me demandez, Monsieur, quelques *crins à pêcher* et des renseignemens sur le fil connu dans le commerce sous les dénominations de *fil de Valence*, de *crin marin* (4), de

(1) MAURY (F.). *Traité complet de l'art du dentiste.* Paris, 1828, p. 312, 313.

(2) Le mot *pite* est toujours féminin, lorsqu'il désigne la plante qui produit la fibre textile dite *pite*. Il est masculin lorsqu'il désigne cette fibre textile, parce qu'alors il est mis pour *fil de pite*.

(3) GUERMONPREZ et P. BIGO. Sur le crin de Florence et sur sa valeur thérapeutique. (*Bulletins et Mémoires de la Société de Thérapeutique pour l'année 1885*, p. 107.)

(4) *Crin marin* est la traduction de l'anglais *sea-grass*, que sir John Hawkins a donné comme un des noms du *fil de pite*.

fil de boyau de ver à soie, etc. : je vais vous communiquer ceux que j'ai recueillis, il y a une dizaine d'années, près d'un Lyonnais, et au moyen desquels j'ai préparé plusieurs de ces fils.

« Lorsque le ver à soie est sur le point de filer, on le plonge dans le vinaigre ; après une macération de vingt-quatre heures, on l'en retire et on lui rompt la tête. Un fil se présente ; en tirant sur la tête, ce fil s'allonge et se déploie sous la forme que vous lui connaissez. On expose ce fil à l'air pendant quelques heures, tendu entre deux petits bâtons ; il prend alors une grande consistance...

« Ce fil provient évidemment de la substance dont le ver se sert pour filer la soie : effectivement, en rompant la tête à cet insecte, on rompt aussi le vaisseau qui contient cette matière et qui vient aboutir à l'ouverture que l'on remarque sous la lèvre inférieure ; mais cette matière, qui remplit le vaisseau dans toute son étendue, s'étend au lieu de se rompre, et son déploiement forme le fil en question : ce n'est donc pas avec l'intestin que l'on forme ce fil, comme semble l'indiquer la dénomination de *fil de boyau de ver à soie*.

« Tel est le procédé à l'aide duquel j'ai préparé plusieurs de ces fils. S'il existe quelques modifications, ce ne peut être que pour donner au fil plus de blancheur et plus d'égalité dans son épaisseur : du reste ceux que j'ai obtenus ressemblaient à ceux qui sont livrés au commerce (1). »

Mais les dentistes ne furent pas les seuls opérateurs qui utilisèrent ce produit : un chirurgien anglais s'en servit, en 1823, pour la ligature des artères. George Fielding (c'est le nom de ce chirurgien) était à la recherche d'une ligature capable d'être résorbée (*which were likely to be absorbed or dissolved in the animal fluids*), lorsque son assistant, E. Heseltien, lui suggéra l'idée d'employer dans ce but le *silk-worm gut*, cher aux pêcheurs à la ligne. Comme ce fil à l'état sec est dur, cassant et peu flexible, Fielding le ramollit et l'assouplit en le faisant séjourner soit une demi-heure dans l'eau chaude, soit une nuit entière dans l'eau froide : par ce procédé il réalisa la ligature idéale. Dans le mémoire qu'il publia à ce sujet en 1826 (2), il relate les douze cas dans lesquels il mit en œuvre le crin de Florence.

(1) LABARRAQUE (A.-G.). *L'art du boyaudier*. Paris, 1822, p. 137, note 1.
(2) FIELDING (George). On the use of a new substance, silk-worm gut, for securing divided arteries. (*Transactions of the Medico-Chirurgical Society of Edinburgh*, vol. II, p. 340. Edinburgh, 1826.)

Peu après, un autre chirurgien anglais, James Wardrop (1), fit avec ce fil la ligature de la carotide dans un cas d'anévrysme de cette artère, selon la technique de Fielding.

En 1828, L. S. Lenormand publie, dans le *Dictionnaire technologique* (t. XII, p. 275), un article intitulé : « Ligne pour la pêche », où il introduit deux mots nouveaux : *mort-à-pêche* et *pitre*. Voici le passage qui les contient : « Le pêcheur doit se pourvoir : 1° de quelques pelotes de ficelle de lin, de diverses grosseurs ; 2° de pelotes de soie écrue de plusieurs couleurs, et préparée pour la façon des lignes ; 3° d'un paquet de *boyaux de ver à soie*, qu'on nomme *racine* ou *mort-à-pêche ;* 4° d'un écheveau de fil de *pitte* ou *pitre* fin ; 5° d'une collection de mouches artificielles. » En note, Lenormand ajoute que « le fil de *pitte*, ou *pitre*, est un fil formé de fibres qu'on tire de l'*agave americana*, nommé vulgairement *aloès pitte* ».

Par la suite, *mort-à-pêche* a été écrit tantôt *mors-à-pêche*, tantôt *mord-à-pêche*, et *pitre*, qui est une graphie erronée de *pitte*, a été introduit dans une publication officielle, le *Tarif des Douanes de France*, d'où il a passé, en 1901, dans le *Dictionnaire du Commerce* publié sous la direction de Yves Guyot et Raffalovich.

La deuxième édition du *Pêcheur français* par Kresz aîné, parut en 1830, « presque entièrement refaite à neuf et considérablement augmentée ». Voici ce que l'auteur y dit (p. 100) du crin de Florence : « Le boyau de ver à soie se fait de la manière suivante : on jette un ver à soie, quand il est prêt de faire son cocon, dans du fort vinaigre blanc, pendant vingt-quatre heures. Après cela l'on prend la matière qui est dans son corps et qui aurait servi à faire sa soie, et l'on l'allonge de 12 à 15 pouces ; plus il est régulier, rond et transparent, meilleur il est. On le connaît dans le commerce sous différens noms, tels que *racine*, *mort-à-pêche*, *poil de Florence, licons, crin marin...* On empile aussi les hameçons, ajoute-t-il, sur du fil de pitre (*sic*), formé des filamens d'une espèce d'aloès qui croît en Amérique... »

La dernière page de ce livre (p. 415) contient l'énumération des ustensiles de pêche en vente chez Kresz aîné ; on y lit ce qui suit : « *Racine* ou *boyau de vers à soie*, dit *mort-à-pêche*, première qualité, venant directement des fabriques d'Espagne ; *herbes des Indes, crin marin, boyau de Chine* », etc., toutes expressions qui sont synonymes de *crin de Florence*.

(1) WARDROP (James). *On a[neurysm], and its cure by a new operation.* London, 1828, p. 31.

Un nouveau nom de ce produit : *poil de Messine*, est mentionné dans le *Tarif général des Douanes de France*, publié en 1844. Le *poil de Messine*, y lit-on à la page 204, « est vulgairement connu sous le nom de *crin de Florence* ou *pitre*. Il ressemble à du crin ; mais il est beaucoup moins flexible et présente un reflet brillant que n'a pas le crin. Il sert exclusivement à la pêche, c'est-à-dire à garnir le bout des lignes des pêcheurs. Il est produit par le bombyx du mûrier (ver à soie), que l'on étouffe dans du vinaigre au moment où il va faire son cocon. » Cette note est reproduite à peu près textuellement dans le *Tarif officiel des Douanes de France,* publié en 1877 (p. 223).

En 1855, Gustave Passavant, chirurgien à Francfort-sur-le-Mein, commence à employer le crin de Florence pour l'opération du bec-de-lièvre et de la fissure congénitale de la voûte palatine. Dans un premier mémoire (1) qu'il publie en 1862, dans *Archiv der Heilkunde* (t. III, p. 193), il proclame ce fil la suture de choix pour les opérations de ce genre ; mais il s'étonne du nom allemand, *Seegras*, appliqué à ce produit qui n'a rien de commun, dit-il, ni avec la mer (*See*), ni avec une herbe (*Gras*). Il signale les synonymes français et anglais, *fil de Florence* et *gut* (boyau).

Un autre mémoire de Passavant parut, en 1865, dans *Archiv für klinische Chirurgie* (t. VI, p. 332) ; il fut traduit en français par Simon Duplay et publié sous le titre suivant (2) : « Sur les moyens de faire disparaître le nasonnement de la voix dans les fissures congénitales des portions osseuse et membraneuse de la voûte palatine (staphylopharyngographie et renversement en arrière du voile du palais) ». Dans cette traduction, *Seegrasfaeden* est rendu par *fils ou crins de Florence.*

Cette même année, Passavant revient encore sur l'excellence du *Seegras* pour la suture des plaies, dans un mémoire spécial (3) où il mentionne les synonymes suivants : français, *crin de Florence* ou *fil de Florence;* anglais, *silkworm gut,* qu'il traduit par *Seidenwurm-Darm.* De nouveau il déclare le nom allemand *Seegras* mal choisi : *und der im Deutschen den unpassenden Namen Seegras hat.*

(1) Je dois la connaissance de ce mémoire à M. Hermann Schelenz (de Cassel), l'auteur bien connu d'une excellente histoire de la pharmacie (*Geschichte der Pharmazie*), publiée à Berlin, en 1904.

(2) *Archives générales de médecine,* 1865, vol. I, p. 55.

(3) Passavant (Gustav). Einige Bemerkungen über die Wundnaht und über die Anwendung des Seegrases zu diesem Zweck. (Langenbeck's *Archiv für klinische Chirurgie,* t. VI, p. 350, Berlin, 1865.)

Ce terme impropre (*Seegras*, c'est la zostère, *Zostera marina* L.), est tout bonnement la transcription allemande de l'anglais *sea-grass*, que sir John Hawkins a donné comme un des noms vulgaires du *fil de pite,* et que certains auteurs ont pris pour un synonyme de *silkworm gut.*

Dans le *Livre de la ferme* édité en 1865 sous la direction de P. Joigneaux, Louis Bigot, au chapitre « de la Pêche » (t. II, p. 1079), parle en ces termes du crin de Florence : « Par *racine, poil de Florence, mors à pêche,* on désigne une sorte de cordelette formée de la liqueur gluante dont le ver à soie fabrique son cocon. Voici de quelle manière on prépare ce fil : on prend les plus gros vers à soie prêts à filer leurs cocons, puis on les fait infuser pendant vingt-quatre heures dans du vinaigre ; ensuite, après avoir ouvert la chenille, on saisit le sac qui contient la matière, sorte de glu liquide que l'on étire en fil jusqu'à 0,30 à 0,40 centimètres de longueur. Lorsque ce fil est desséché, il est très souple et très solide, il a l'aspect d'une corde à boyau, et plus de force que douze crins de cheval réunis en faisceau. » Louis Bigot distingue parfaitement le *pite* de la *racine.*

H. De La Blanchère a inséré, dans son *Nouveau dictionnaire général des pêches* (Paris, 1868), les synonymes suivants de crin de Florence : *crin marin, licons,* « *mort-à-pêche,* que l'on écrit aussi : *mord-à-pêche* (1) », et *racine;* de plus il y a introduit une dénomination nouvelle : *la florence.* « On omet souvent, dit-il (p. 216), le mot *crin,* en parlant du *crin de Florence,* pour ne lui laisser que celui de *florence* que nous avons adopté. » Au mot *Florence,* on trouve d'intéressants détails sur ce produit.

Après les découvertes géniales de Pasteur et de Lister, le crin de Florence a enfin occupé la place éminente que Fielding et Passavant avaient rêvé lui donner en chirurgie. Lister n'admettait guère que le *catgut* phéniqué pour la ligature des vaisseaux, et les fils métalliques pour les sutures. Ses disciples modifièrent bientôt son pansement antiseptique, et les fils métalliques ne furent plus employés exclusivement. « La suture, dit Lucas-Championnière (2), peut être faite avec des matériaux très variables ; si la suture a été faite plus souvent avec du fil d'argent, elle a été

---

(1) *Mord-à-pêche* est la graphie adoptée, cette même année 1868, par M. Auguste BARILLÉ, dans sa thèse pour le titre de pharmacien de première classe (*Etude des fibres textiles,* p. 47), soutenue devant l'Ecole supérieure de Pharmacie de Strasbourg.

(2) LUCAS-CHAMPIONNIÈRE (Just). *Chirurgie antiseptique,* 2ᵉ édition, p. 72 et 78. Paris, 1880.

faite communément aussi avec de la soie phéniquée, avec du *catgut*, avec du crin de cheval, avec du *crin de Florence*... Le *crin de Florence*, organe sécréteur du ver à soie, paraît être un excellent moyen de suture. »

A partir de 1880, le crin de Florence est mentionné dans un grand nombre de publications chirurgicales. En 1881, le Dr Poncet, chirurgien à Lyon, relate dans la *Gazette des Hôpitaux* (1881, p. 868) une opération de fistule vésico-vaginale, pour laquelle il a employé le « *mort-à-pêche*, encore appelé *crin de Florence* et *d'Espagne, crin marin,* etc. »

En 1885, le Dr Guermonprez (de Lille) fait, en son nom personnel et au nom de Paul Bigo, une communication à la Société de thérapeutique de Paris « sur le crin de Florence et sur sa valeur thérapeutique ». De cette importante communication, je note le passage suivant : « On dit que ce produit est fourni aux pêcheurs à la ligne par les Anglais et même par les Ecossais ; mais il est acquis que le marché de Paris et que nos fournisseurs lillois s'approvisionnent auprès des fabricants italiens, particulièrement à Turin, et auprès de quelques marchands du midi de la France (1). »

L'année suivante, Paul Bigo, traitant le même sujet, soutient devant la Faculté de médecine de Paris une thèse intitulée : *Avantages du crin de Florence* (silk worm gut *des Anglais*) *comme fil de suture.*

Bientôt ce produit apparaît dans les ouvrages de pharmacie : en 1891, dans la *Real-Encyclopædie der gesammten Pharmacie* (t. X, p. 244) ; en 1893, dans l'*Officine* de Dorvault (13ᵉ édition, p. 1288) ; en 1895, dans le *Cours de Pharmacie* par Edmond Dupuy (t. II, 2ᵉ partie, p. 690) ; en 1900, dans *Die medicinischen Verbandmaterialien* par P. Zelis (p. 41 et 258) ; en 1906, dans *The Extra Pharmacopœia* par Martindale et Westcott (12ᵉ édit., p. 19), etc.

En 1905, J. Triollet (2) publie sur le crin de Florence un savant mémoire, dans lequel il dit que pour la pêche on tire ce fil de l'Italie, et que pour la chirurgie on le fait venir de l'Espagne, où il est fabriqué en grand « dans la campagne de Murcie ». Il donne sur la fabrication de ce produit par les Espagnols, de longs et intéressants détails, complètement inédits ; puis il termine son

---

(1) *Bulletins et Mémoires de la Société de Thérapeutique pour l'année 1885,* p. 107.

(2) Triollet (J.). Le crin de Florence. (*Bulletin des Sciences pharmacologiques,* t. XI, p. 288, 1905.)

mémoire par l'exposition de la technique nécessaire pour avoir des crins de Florence souples et stérilisés.

Pierre Vieil (1) a fait paraître, à la même époque, un petit traité de *Sériciculture*, dans lequel il dénomme le crin de Florence « *fils de pêche ou crins de Messine* ».

Dans ces dernières années, la librairie Larousse a édité un livre intitulé : *La Pêche moderne*, où l'on distingue la *florence* de la *racine anglaise*. Voici le passage qui contient cette nouvelle dénomination : « On trouve encore, dans le commerce, des *florences* d'une régularité et d'une finesse remarquables; on leur donne le nom de *racines anglaises* (2) ». On est donc revenu de nos jours à la distinction que Maury avait établie, en 1820, entre le *crin de Florence* et la *racine chinoise;* seulement le « nouveau cordonnet, connu alors dans le commerce sous le nom de *racine chinoise* », est appelé maintenant *racine anglaise*.

Les pays de production du crin de Florence sont toujours la Chine, l'Italie et l'Espagne. Robert Hart (3) a indiqué en quelques mots la façon dont les Chinois le fabriquent : « Ce produit, qui est presque entièrement importé de Canton, dit-il, s'obtient en étirant rapidement dans du vinaigre, des vers à soie prêts à filer leur cocon. »

Alors que Hedde (4) énumérait, en 1848, cinq « qualités » de *pi-sien,* ou « fil à pêche chinois, produit de vers sauvages trempés dans le vinaigre », Beauvais, en 1906, n'en mentionne plus que trois : « la première, très blanche et très fine, provenant de Lo-ting-tcheou, au Kouang-tong; la deuxième, blanche et fine, de Léa-mouï (Lingmenn) en Haïnan; la troisième, jaune et grossière, venant de Pakhoï (5). »

En 1868, le Dr A. Gillet de Grandmont affirme que « c'est d'Italie que nous viennent les meilleurs crins pour la pêche et

(1) Vieil (Pierre). *Sériciculture.* Paris, 1905, p. 46.

(2) *La Pêche moderne : encyclopédie du pêcheur,* p. 142. L'auteur du chapitre IV : « Engins et Matériel », est Charles Marsillon, ingénieur des arts et manufactures. C'est dans ce chapitre qu'il est question de la *florence.*

(3) *China. Imperial maritime Customs. III. Miscellaneous Series : n° 9. Special Catalogue of the Ningpo collection of exhibits for the International Fishery Exhibition, Berlin, 1880.* Shangaï, 1880, p. 53.

(4) Hedde (Isidore). *Description méthodique des produits divers recueillis dans un voyage en Chine.* Saint-Etienne, 1848, p. 151.

(5) *Rapports commerciaux des agents diplomatiques et consulaires de France, publiés sous la direction du Ministère du Commerce et de l'Industrie.* Année 1908, n° 708. *Chine, Commerce du port de Hoï-Hao et de l'île de Haï-nan, pendant l'année 1906,* p. 89.

qu'ils se fabriquent principalement à Florence (1); et en 1902, Edmond Perrier et Alphonse Falco disent que « les boyaux des vers à soie viennent aussi de Turin, qui a la spécialité de les faire fins (2) ». A l'Exposition internationale de pêcherie à Berlin, en 1880, on remarquait une importante collection de crins de Florence, exposée par la maison Bagetti Antonio, de Turin (3).

H. de Clermont, en 1891, reconnait que « la maison Caswell, de Glasgow, continue à avoir le monopole et la grande réputation pour les *crins d'Espagne*, connus sous le nom de *crins de Florence*. La provenance en est Murcie, dit-il, et la matière première le boyau du ver à soie (4). » Tous les auteurs contemporains sont d'accord pour attribuer à la région de Murcie la provenance des *crins d'Espagne*.

Depuis l'époque reculée où Duhamel du Monceau appelait *boyau de ver à soie* le *silk-worm gut* des Anglais, ce produit a reçu, ainsi qu'on vient de le voir, une grande quantité de noms que l'on chercherait en vain dans la plupart des dictionnaires publiés au XIXe siècle. Larousse (*Grand Dictionnaire universel*) mentionne la *florence* aux seuls mots *Crin* et *Racine*. Littré a introduit dans son *Dictionnaire de langue française*, au mot *Racine*, l'acception suivante : « Filament transparent et très résistant, pour monter les hameçons destinés à prendre de gros poissons d'eau douce ; on dit aussi *crin de Florence* » ; mais il a omis d'en parler au mot *Crin*. Le *Nouveau Larousse illustré* est un peu plus riche en termes de pêche : on y parle du crin de Florence aux mots : *Florence, Licon, Mord-à-pêche, Poil* et *Racine*. A vrai dire, les lexicographes sont excusables, car tous ces termes spéciaux sont d'origine récente et n'ont pas encore eu l'honneur de figurer dans quelque chef-d'œuvre de la littérature française.

---

(1) *Exposition universelle de 1867 à Paris, Rapports du Jury international.* T. VIII, Groupe VI, Classes 47 à 52. Paris, 1868, p. 265.

(2) *Exposition universelle internationale de 1900, à Paris, Rapports du Jury international*, Groupe IX, Classes 49 à 54. Paris, 1902, p. 439.

(3) *Amtliche Berichte über die internationale Fischerei-Ausstellung zu Berlin 1880. I. Fischzucht*, p. 79, Berlin, 1881.

(4) *Exposition universelle internationale de 1889, à Paris. Rapports du Jury international.* Groupe V, Classes 41 à 44. Paris, 1891, p. 462.

www.ingramcontent.com/pod-product-compliance
Lightning Source LLC
Chambersburg PA
CBHW061615180626
46818CB00005B/2091